ESTE LIBRO CANDLEWICK PERTENECE A:

_____

_____

_____

For Lauren, Allison, and Amanda, the best fish feeders in Texas
And for Sarah, in honor of her goldfish, Lucky

K. B.

For Diane

N. Z. J.

Text copyright © 2005 by Kelly Bennett
Illustrations copyright © 2005 by Noah Z. Jones
Translation by Teresa Mlawer, copyright © 2015 by Candlewick Press

First edition in Spanish 2016

Library of Congress Catalog Card Number 2004051534

ISBN 978-0-7636-2384-5 (English hardcover)
ISBN 978-0-7636-2763-8 (English paperback)
ISBN 978-0-7636-8906-3 (Spanish paperback)

21 APS 10 9 8 7 6

Printed in Humen, Dongguan, China

This book was typeset in Shinn Medium.
The illustrations were created digitally.

Candlewick Press
99 Dover Street
Somerville, Massachusetts 02144

visit us at www.candlewick.com

NO A NORMAN

La historia de
un pececito dorado

Kelly Bennett

ilustrado por **Noah Z. Jones**

traducido por **Teresa Mlawer**

CANDLEWICK PRESS

Cuando me regalaron a Norman, yo no lo quería.
Yo quería una mascota diferente.

No a Norman.

Quería una mascota que pudiera correr y jugar.
Una mascota que pudiera trepar a los árboles y perseguir
objetos divertidos. Una mascota suave y peluda que
pudiera dormir en mi cama por las noches.
No a Norman.

Todo lo que Norman hace es nadar en círculos y círculos y círculos
y círculos y círculos y círculos y círculos...

—Lo tengo decidido, Norman.
Te voy a cambiar por una verdadera mascota.
Norman no se mueve. No mueve ni una aleta.

¿Y cómo voy a hacerlo?
Nadie va a querer a un triste pez dentro de una pecera sucia.

Cuando coloco a Norman en su pecera limpia, da saltos, volteretas en el aire y mueve feliz sus aletas. Es tan cómico que me entran ganas de reír.

—No pienses que porque me hayas hecho reír, me voy a quedar contigo —le advierto—. Ya verás mañana.

Norman hace burbujitas con el aire.

Al día siguiente decido llevar a Norman al colegio.
Cuando me toque hacer mi presentación en clase,
diré maravillas sobre él. A lo mejor alguien lo quiere...

De camino a la escuela me encuentro con mi amigo Austin.
Austin tiene un perro juguetón y siete cachorritos.
—¿Quieres cambiar uno de tus cachorritos por Norman? —le pregunto.
—¿Quién es Norman? —pregunta Austin.
—Mi pececito dorado —contesto.

Para cuando me doy cuenta de lo que sucede y corro a rescatar
a Norman, ¡a la pecera casi no le queda agua!

—Lo siento, Norman — le digo al llegar al colegio—. De verdad que lo siento. Él simplemente me mira con sus grandes ojos.

Por fin me toca hacer la presentación en clase.
Pero cuando comienzo a hablar de Norman, Emily se vira y grita:
«¡Jenny no está! ¿Quién dejó que se escapara mi culebra?».

¿Alguien escucha la historia de cómo conseguí a Norman?
¿Hay alguien que me pida sostener la pecera? No.
Todos corren y gritan tratando de encontrar la culebra.
Todos menos Norman. Él me mira atento desde su pecera.

—Gracias por prestar atención —le digo.

Esa tarde tengo clase de música.

Tan pronto termine, iré a la tienda de mascotas para cambiar a Norman.

Saco mi tuba y comienzo a tocar.

Bum bum bur

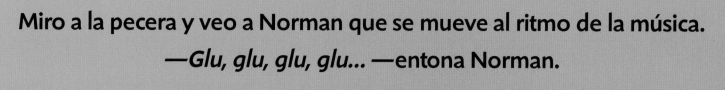

Miro a la pecera y veo a Norman que se mueve al ritmo de la música.
—*Glu, glu, glu, glu...* —entona Norman.

—¡Miren! ¡Norman está cantado! —exclamo.
—¡Presta atención! —me dice el profesor—. No desafines.

aaaa Ba ba ba boooo Bo bo bo beeee.

El profesor hace que me quede después de clase para practicar.
Y cuando termino, ya es tarde para ir a la tienda de mascotas.
—No pienses que porque te guste cómo toco,
me voy a quedar contigo —advierto a Norman.

Él solo dice «glu».

Por la noche, estoy completamente dormido, y de repente...
¡ C R A C !   ¡ C R A S H !
¿Qué es ese ruido?

¡CRAC! ¡CRASH! ¡CRASHHH!
¡Uy! ¡Hay algo en la ventana!

En ese momento, de reojo,

veo a...

¡Norman!

Él no tiene miedo.

Tampoco nada en círculos.

Hace «glu» y me saluda con su aleta.

No estoy solo.

Me acerco a la ventana con Norman y corremos la cortina.
Era solamente la rama de un árbol.

Gracias por cuidarme, Norman.

El sábado llevo a Norman a la tienda de mascotas
tal y como tenía pensado. Veo gatos y perros,
culebras y pájaros. Veo hámsteres,
ratones y lagartos.

Cualquiera de ellos sería una buena mascota,
pero ninguno es...

Norman.

Cuando me regalaron a Norman, no estaba seguro
de que fuera la mascota que yo quería.
Pero ahora, aunque pudiera elegir la mejor mascota del mundo,
no lo cambiaría por nada en el mundo.

No a Norman.

A **Kelly Bennett** le encantan los peces. «Los peces son simpáticos y divertidos», dice. «Solo con verlos me entretengo». *No a Norman* es el primer libro que publicó con Candlewick Press. Recientemente ha publicado dos títulos más, ambos ilustrados por Paul Meisel: *Vampire Baby,* seleccionado por Bank Street College como el mejor libro para niños de 2014, y *Dad and Pop: An Ode to Fathers and Stepfathers.* Cuando no escribe, Kelly trabaja en su jardín, bucea y juega con sus dos nietos. Para más información sobre Kelly Bennett y sus libros, visite su página: www.kellybennett.com.

A **Noah Z. Jones** le encanta dibujar peces de diferentes formas y tamaños, pero especialmente uno pequeño, anaranjado, llamado Norman. Además de *No a Norman,* Jones ha ilustrado *The Monster in the Backpack*, de Lisa Moser, *Those Shoes,* de Maribeth Boelts, y la serie Bed and Biscuit, de Joan Carris. Siempre le ha gustado dibujar y la animación, y es el creador de las series animadas de televisión *Fish Hooks, Almost Naked Animals* y *Pickle and Peanut.* Noah Z. Jones vive en el sur de California con su familia.